한국 희곡 명작선 158

어떤 노배우의 마지막 연기

한국 희곡 명작선 158

어떤 노배우의 마지막 연기

이근삼

평민사

이
그
삼

어떤 노배우의 마지막 연기

등장인물

서일 (徐一, 68세. 옛날 배우)
시장댁 (39세, 옆방 과부)
남자
대광 (大光, 서일의 친구)
여직원
아들
기자
처녀

서울대학이 한 눈에 내려다보이는 고지대의 어떤 집 방.

대본이 가득 차 있는 서가와 옷장이 보이고 낡은 소파와 탁자가 놓여 있는 서일의 간소한 방. 무대 우측에 밖으로 통하는 문이 있다.

문이 열리고 서일이 가쁜 숨을 쉬며 들어와 소파에 앉는다. 숨을 가다듬고 일어나 관객을 향한다.

서일   휴! 이 언덕길이 좀 가파로워서요. 내 나이 68세. 아직도 건강하지만 그래도 언덕 꼭대기에 자리 잡은 이 집까지 기어오르려면 숨이 가빠집니다. 그러나 일단 집안에 들어서면 상쾌한 마음이 확 트이죠. 저쪽을 내려다보세요. 서울대학교 캠퍼스가 한눈에 들어오고 그 뒤엔 관악산의 의연한 모습이 보입니다. 서울 시내에 이런 주거 환경이 어디 있습니까?

직장에 매여 사는 몸이 아니니 나는 내 멋대로 이 좋은 환경에서 살고 있습니다. 배가 고프면 적당히 끓여 먹고 피곤하면 밤낮 구별 없이 눈을 감고, 심심하면 저 대본을 꺼내 대사를 읊어 보고… 가볍게 도수체조도 합니다.

나는 이 열 평짜리 방에서 2년 동안 살고 있습니다. 이 집 주인은 경찰관이랍니다. 교통순경을 하고 있다는데 본인은 일산 서른 평짜리 아파트에서 살고 있습니다. 제가 전세 4백만 원에 세들어 살고 있는 이 방 말고도 이 집엔 방이 두 개 있는데 40대 전후의 과부와 딸이 쓰고 있습니다.

이 과부는 요 아래 시장서 김밥장사를 하고 있습니다. 맛이 좋다는 소문으로 짭짤한 재미를 보고 있습니다. 저는 막 장례식에서 돌아왔습니다. 내 친구 판실이가 죽어서요. 시내버스에서 내렸는데 술 취한 놈이 몰던 차에 치어 그만 내팽기다시피 해 죽었습니다. 판실이는 10년 전 어떤 한약방 노인을 만나 팔자가 피는가 했는데 불의의 변을 당했습니다.

1945년, 일제로부터 해방되던 해, 나는 비둘기 악극단에서 판실이를 만났습니다. 내 나이 열일곱 때입니다. 고향 양주에서 농사를 짓고 있던 나를 서울에 데리고 온 사람은 나의 삼촌이었습니다. 음악을 좋아하던 삼촌은 관철동 근처에서 악기 수리점을 경영하고 있었는데 상점에서 일하던 점원이 소년 지원병으로 일본 군대에 끌려 나가 대신 조카인 내가 점원이 돼서 상경했습니다. 아버지는 나의 상경을 쾌히 승낙했습니다. 자녀 여섯을 키우기에 등뼈가 휘었던 아버지로서는 오히려 잘 됐다 생각하셨을 겁니다.

해방이 되자 삼촌은 악기 수리점 문을 닫고 악극단에서 뛰기 시작했습니다. 클라리넷을 잘 불었고 작곡도 했고 악단 지휘도 했습니다. 나도 자연 악단으로 따라갈 수밖에요. 사람의 팔자란 알 수 없다고 나는 그 후 50년 악극단에서 그리고 극단 주위에서 맴돌다 이 지경에 이르렀습니다. 악단에서 잔심부름하다, 우연히 무대에 서게 됐지요.

악극단에서 판실이를 만났습니다. 그때 판실이 나이 열다섯, 악극단에서 밥하고 빨래를 하던 고아였습니다. 극단이 깨지자 나와 판실이는 청계천 구린내 나는 여인숙에서 2개월 동안 같이 살았습니다. 달리 살아나갈 방법이 없었으니까요. 애정 때문은 아니었지요. 두서너 번 서로 껴안아 봤지만… 서로 외로워서 한 짓이지… 우리 요새 젊은이들과는 달랐습니다. 요행히 우리는 서로 다른 극단에서 받아줘 여인숙 동거생활을 청산했습니다. 몇 년 뒤 판실이는 춤을 추며 노래를 시작했고 배우로 성장했습니다. 그 후 아코디언 치는 사내와 결혼했고, 영화관 간판 그리는 사람과 같이 살았고… 말년에는 한약방 주인과 동거를 시작했습니다.

장례식은 괜찮게 치러졌습니다. 사람들도 제법 모였고 날씨도 좋았습니다. 나도 조의금으로 이만 원 냈습니다. 한 가지 눈에 거슬린 것이 있었다면 그놈… 그 이동선이라는 놈이 조사를 읽었다는 사실입니다. 이동선이 연극계의 원로들 대표라고요? 그놈은 나나 판실에게는 아무 관심도 없었던 놈입니다. 연극계가 마치 자기 손아귀에 들어 있는 양, 설치고 대갈질하며 안하무인격이었던 그놈… 그런 이동선이 연극계 원로의 자격으로 판실의 장례식에서 조사를 읽어? 연출은 개뿔 같이 서툰 주제에. 그놈은 악독 정상배죠. 이런 놈이 아직도 우리 예술계를 좌지우지하고 있다니 한심합니다. 더 가관이었던 것은 그놈이 조사를 읽으면서 안경을 벗고 눈물을 닦는 척했습니다. 판실이가 생전에 나에게 뭔란 줄 아세요? 저 이동선을 잡아갈 귀신은 없는가 했습니다. 그놈은 우리를 사람 취급 안했으니까요. (발을 옮겨 화를 가라앉히고)

저는 서일입니다. 서일… 물론 본명은 아닙니다. 연극을 한다니까 아버지가 집안 망신시킨다고 이름을 갈라고 해서 개명했습니다. 서일… 좋은 이름 아닙니까? 윤문식, 최주봉, 박인환, 김진태… 이런 이름보다는 더 예술적이죠. 무대에 선 지 50년, 그간 1,000여 편의 크고 작은 작품에 출연했습니다. 여기 계신 여러분들은 한참 때의 저의 연기생활을 모를 겁니다. (서가 쪽으로 낡은 스크랩북을 꺼내 들고 온다)

여기 연극평을 보세요. 1945년 5월… 동아일보. 여러분 동아일보입니다. 기서봉이라는 평론가가 쓴 극평이 있습니다. 기서봉 씨는 6.25사변 중 월북해 아직 생사를 모릅니다. 그러나 당시에는 최고의 극평가로 명성을 날렸죠. 읽어보겠습니다.

"이틀 전 중앙극장서 공연된 〈눈보라 치는 격전지〉는 차라리 못 본 것으로 생각하고 싶다. 그만큼 우리를 실망케 했다. 항일투쟁을 소재로 했다는 이 연극은 어린애 병정놀이를 보는 것 같았다. 민족과 독립만을 부르짖는 작가의 막연한 대사. 아무 반향도 없이 종로 네거리에서 교통

정리나 하는 순경을 방불케 하는 판에 찍은 듯한 연출. 우리가 처해 있는 현실, 갈등, 이데올로기가 완전히 배제된 백일몽 같은 공연이었다. (힘을 넣어) 다만 종막에 이르러 병사3으로 등장한 서일 씨의 몸을 아끼지 않는 연기가 기억에 남는다. 그는 4미터가 넘는 높은 곳에서 총알을 맞고 무서움 없이 무대에 몸을 던졌다. 부상은 없었는지 모르겠다. 불과 5초밖에 안 되는 등장이었지만 우리를 놀라게 했다.”

아셨죠? 그 후 나는 행동파 연기인으로 이와 흡사한 수많은 역을 맡았습니다… 나의 일생은 한편의 연극과도 같았습니다. 해방 후 좌우 이데올로기 갈등에 연극계가 갈라졌지만 나는 그런 것에는 아랑곳없이 오직 대중을 위해, 악극단 출신의 서민적 배우로서 무대에 섰습니다. 사실 나는 그때 이데올로기가 무엇인지도 몰랐고 관심도 없었습니다. 극단에서 나를 써준다는 사실, 그리고 무대에 서게 해준다는 사실만이 고마울 뿐이었습니다.

6.25전쟁 때는 진관사 쪽에 먹을 것을 구하러 가다 인민군에게 붙들려 이북땅 양덕까지 끌려갔다가 탈출했습니다. 그동안 고생이 말이 아니었습니다. 휴전선이 고착되고 서울에도 생기가 솟아나자 죽었던 연극계도 기지개를 하고 소생을 하기 시작했습니다. 그러나 이때부터 연극계에는 족벌이 생기기 시작했죠. 무섭더군요. 자기네끼리 똘똘 뭉쳐 나 같은 사람은 끼워주질 않아요. 자기네끼리 충

성도에 따라 배우에게 등급을 매기더군요. 우리는 그들의 그림자에 가려져 빛을 볼 수가 없었습니다. 우리는 이런 울분 속에서 여태껏 참고 살아왔습니다. 가끔 뜻있는 사람들끼리 모여 공연도 했지만 공연 때마다 작살이 났죠. 그놈들과 한 뱃속의 평론가들이 독설을 퍼부었고, 놈들은 음으로 양으로 우리를 괴롭혔습니다. 돌아가신 연극계의 지성 탁봉균 선생은 우리들에게 말했습니다. 너희들은 명예를 먹고 사는 사람들이다. 세속적 영광을 위해 양심을 팔 때, 이는 곧 예술가의 죽음을 말한다. 저는 탁봉균 선생의 이 말씀을 믿고 여태껏 명예, 자존심 그리고 양심을 최상의 덕목으로 믿고 살아왔습니다. 배가 고파도 양심은 팔 수 없습니다. 여기서 혼자 참고 살고 있지만 외부와의 접촉이 전혀 없는 것은 아닙니다.

이를테면….

시장댁   (밖에서) 선생님 계세요?

서일   … 네.

시장댁이 들어와 김밥 그릇을 탁자 위에 놓는다.

시장댁   김밥이에요. 식기 전에 드세요. 김치는 있죠?

서일   뭘 또 이런 걸… 한두 번이 아니고….

시장댁   어젯밤에는 미안해요 딸한테 갔다가 시간이 늦어서…

그만.

서일　잘했어요. 이 골목길, 밤이 늦으면 위험해요 앞으로도 늦으면 전화하세요. 제가 나갈게요.

시장댁　선생님 방에 들어오면 구수한 종이 냄새가 좋아요.

서일　(서가에 쌓인 대본을 가리키며) 아, 저 대본 냄새죠. 너무 오래돼서 썩나보죠.

시장댁　몇 권이나 됩니까?

서일　한 천 권쯤 됩니다… 음… 장사는 잘됩니까?

시장댁　없어서 못 팔죠. 밤새 말아도 오후 세시쯤 되면 동이 나요. 사람을 구하기도 힘들어요. 달 70만 원 준대도 싫다니, 다 잘들 사나 봐요.

서일　딸… 이름이 뭐라고요?

시장댁　미자요. 잘 있어요.

서일　요새는 통 볼 수가 없군요.

시장댁　과외 선생님 집에서 하숙을 해요 대학이 뭔지 어정쩡하면 적당한 대학에 넣으면 되는데… 과외 선생도 그렇고 담임 선생도 꼭 서울대학에 가야한다니….

서일　서울대학… 좋은 대학이죠. 대학 이름은 마음에 안 들지만.

시장댁　왜요?

서일　좀 학문적으로… 고상한 이름도 있을 텐데, 대학 이름은 한문으로 지어야지.

시장댁　뭐라고요?

서일　이를테면… 한양. 서울은 한문으로 한양이었으니까. 한양

대학, 좋지 않아요?

시장댁　요샌 애들 이름도 한글로 짓는 걸요.

서일　교양 문제지.

시장댁　선생님은… TV나 영화에 안 나가세요?

서일　음… 난 예술가예요 자기 본분을 지켜야지.

시장댁　그렇군요. 전 TV나 보고 있으니… 그러다보니 선생님 방에는 TV도 없군요.

서일　TV보다는 독서나 사색이 좋지. TV가 독서계와 사색을 망치고 있어요.

시장댁　그래도 보라는 TV인데… 참. 아까 어떤 사람한테 전화가 왔어요. 선생님 뵙고 싶다고요

서일　누굴까?

시장댁　두 시간 전이니까, 곧 오겠죠 그럼….

서일　이 김밥, 고맙습니다.

시장댁이 나간다.

서일　날더러 왜 TV에 안 나가느냐고요? TV에 나가야만 사람 구실을 한다고 생각하는 발상 자체가 문제죠. TV드라마… 그게 드라마입니까? 연극하고 TV드라마를 혼돈해선 안 되죠… 근데 누가 날 TV에 불러줘야죠

소리　(밖에서) 계십니까? … 서일 선생님 계십니까?

서일　뉘시오?… 들어오세요.

14

남자가 들어온다.

남자   서일 선생님이시죠?

서일   그런데…?

남자   저, 강석이라고 합니다. 혹시 강설중이라는 분 아십니까?

서일   강설중?… 강설중… 아 그 무대장치를 하던… 그래, 알지.
       강설중. 중앙극장서 무대장치를 했지.

남자   저의 아버지입니다.

서일   그럼 젊은이는…?

남자   아들입니다 우전 절 받으십시오.

서일이 소피에 앉자 강석이 큰절을 하는데 두 번 반, 시신 앞에서
드리는 절이다. 서일이 놀란다.

서일   … 이 사람아 난 멀쩡히 살아있는데….

남자   우리 아버지는 몇 년 전에 돌아가셨습니다.

서일   저런! 좋은 사람이었는데….

남자   좀 어려운 부탁이 있어 이렇게 졸지에 찾아왔습니다. (서일
       에게 틈을 안 주고) 일이 바쁘게 돼서요. 실은 제가 내일 모레
       결혼식을 합니다. 토요일 오후 두시에 의정부에서요 그래
       서 선생님께 주례를 서 주십사 해서 이렇게 당돌하게 찾
       아왔습니다.

서일   나한테 주례를…?

남자 원래 바쁘게 치를 결혼식이라 주례님 모시기가 난감했는데 어머니가 말씀하시더군요. 저의 아버지와 선생님이 친히 지내셨다며 부탁하라고 했습니다.

서일 응, 친하게 지냈지. 그런데 내가 무슨 주례를… 훌륭한 분을 모셔야지.

남자 아닙니다. 선생님은 연극계의 원로가 아니십니까. 저로서는 영광입니다. 제가 토요일 오전 11시에 차를 보내겠습니다. 의정부까지는 멀고… 토요일이라 교통도 복잡할 것 같아서 시간 전에는 출발하는 게 좋을 것 같습니다. 하여튼 선생님, 고맙습니다.

서일 상당히 바쁜 결혼식이군.

남자 그렇게 됐습니다. 실은… 신부가 닷새 뒤에 애를 낳습니다.

서일 닷새 뒤에 애를?

남자 주례님한테는 솔직히 말씀드려야겠습니다. 실은… 둘이서 그간 동거생활을 했습니다. 그러니 이런 결혼식의 주례를 누가 맡겠습니까?

서일 동거를 했다구?… 뭐 그럴 수도 있는 거지. 자네 지금 무슨 일을 하고 있나?

남자 시장에서 옷가게를 하고 있습니다.

서일 옷가게… 좋지 신부는 무슨 일을 하나?

남자 바로 옆에서 화장품을 팔고 있습니다.

서일 좋지 옷하고 화장품하고 만났군. 옷하고 화장품은 항상 붙어 다니니까.

남자   그래서 사람들은 우리의 궁합이 잘 맞는다고 합니다. 그 럼, 그렇게 알고 돌아가겠습니다.

강석이 나간다.

서일   (관객에게) 보셨죠? 날더러 주례를 서 달랍니다. 난 일생 주 례를 서 본 적은 없지만 한 가지 확실한 것은 주례는 아무 나 설 수 있는 게 아닙니다… 저 밖에서는 아직 나를 잊지 않고 있는 사람들이 있다니, 마음이 흐뭇하군요… 그런데 주례를 부탁할 때는 감사의 표시로 뭘 좀 들고 오는 게 아 닙니까? 양복감, 와이셔츠, 하다못해 화장품이라도 말입 니다. 바빠서 허둥지둥 뛰어오다 보니 정신이 없었겠죠.
나는 오래 전에 입었던 신사복을 꺼내 세탁소에 맡기고 주례사 준비에 몰두했습니다. 저 옛날 대본을 뒤지며 결 혼에 관한 명문장을 찾아내 대사를 외우듯 준비했습니다. 저 옆방 시장댁이 넥타이를 선물하더군요. 주례 설 때 매 라고.
"부부생활은 긴 대화의 연속이다."
"아내가 좋으면 처가집의 술맛도 좋다."
"남녀가 결혼할 때는 그들의 소설은 끝나고 이제부터 역 사가 시작된다."
"결혼은 남녀가 독립을 선언하는 의식이다."
"결혼이란 남녀 양쪽의 오해의 산물이다."

… 가만… 결혼이란… 남녀 양쪽의… 오해의 산물이다…
이건 아닌데. 큰일 날 뻔했군.
토요일 아침 10시에 신랑으로부터 전화가 왔습니다.

전화벨이 울린다.

… 네. 아 강석 군. 지금 차를 기다리고 있네. 날씨가 좋군.
날은 잘 받았어. 응?…응… 그래?… 알았어.

맥없이 수화기를 내린다.

… 신랑이 뭐랬는지 아세요? 어젯밤 자기 은사가 미국서
돌아왔대요 나, 고생할 필요가 없데요. 미국서 온 자기 은
사가 주례를 해준댔데요… 그때 못한다고 딱 잡아뗄 것
을! 나쁜 놈… 아무도 알아주지 않는 내 신세인데. 무엇을
기대해? 내 실수야. 넥타이를 선사한 시장댁 보기가 민망
했습니다. 그래서 옷을 차려 입고 그 넥타이를 매고 시장
댁의 환송을 받으며 내려가 87번 버스를 타고… 103번
버스를 갈아타고 이 종점, 저 종점까지 오가다 저녁에 돌
아왔습니다. 결혼식 상황을 묻는 시장댁에게 결혼식이 참
잘 됐다고 둘러댔지요. 화가 나고 서럽고 이런 마음을 삭
이는데 일주일이 걸렸습니다.
사람이란 나이가 들면 아무도 불러주지 않습니다. 이런

걸 잘 알면서… 작년 4월에 이런 일이 있었습니다.

(전화벨이 울린다)… 여보세요… 나 서일인데… 네? 국립극장!? 국립극장… 네? 출연? 날더러 출연하라구? 바쁘긴하지만… 모처럼 부탁하니… 내일 열한 시에 그럼 가야지. (수화기를 놓고) 국립극장서 연락이 왔어요. 국립극장 말입니다 나는 여태껏 국립극장 무대에 서 본 적이 없습니다. 그놈들, 족벌하는 놈들이 국립극장을 휘어잡고 있어우린 그 근처에 접근도 못 했습니다. 〈아득한 행복〉이라는연극이 공연되는데 출연하라는 겁니다. 공연 3일 전에 부르더군요. 아니 사흘 연습하고 무슨 공연이야 했더니, 선생님 연기야 자타가 공인하니 나오라는 겁니다. 야, 나도죽기 전에 국립극장무대에 서는구나 하고 감격했습니다. 근데, 내가 맡은 역은 동네 노인정에 앉아 장기를 두는 노인 셋 중의 하나였습니다. 주어진 대사는 "그 신랑감 참 잘생겼던데" 하는 한마디뿐이었습니다. 기분이 상했지만 나는 원로라 해서 하루 출연료 십 만원을 준다기에 참았습니다. 일주일 공연이니 70만 원… 저로서는 큰돈입니다. 그러나 막상 공연이 끝나니 내 신세가 몹시 서러웠습니다. 마지막 공연날 시장 입구서 시장댁을 만났습니다. 어디 가느냐 묻기에 국립극장에 공연하러 간다니까 못내 섭섭해 하더군요. 왜 알려주지 않았다고요. 뭐 그까짓 공연, 했더니 시장댁이 국립극장 무대에 아무나 서느냐고 내 진가를 인정해 주더군요. 그후 시장댁은 원로 예술가와 같

은 집에서 산다고 시장 사람들에게 자랑을 했답니다. 나를 대하는 태도가 더 부드러워졌구요. 그러나 내 마음속으로는 다시는 젊은 놈들한테 이용당하지 말자고 다짐을 하고 있었습니다. 이 나이에 뭣을 바랍니까?… 그런데 그게 마음먹은 대로 되지가 않습니다.

7월엔 이런 일도 있었습니다. 문화예술장관이 예술계의 원로들을 청진동의 어떤 강당에 초청했어요. 한 100명을 초청했는데… 무슨 원로들이 그렇게 많은지… 강당의 위치를 잘 몰라 나는 두 시간 전에 그 근방에 가서 위치를 확인했습니다. 그리고선 거기서 한 100미터쯤 떨어져 있는 다방서 한 시간 반을 기다렸습니다. 조간신문을 사들고 읽고 또 읽고… 깨알 같은 광고도 읽으면서요 장관을 만난다는 것이 영광이지만 힘도 들다고 뇌까리면서요. 그런데 30분을 남기고 비가 쏟아지는 거예요. 난감하더군요. 안 갈 수도 없고요. 그래서 신문지를 머리에 올려놓고 한 손으로 바치며 골목길을 뛰었죠. 내 곁을 새까만 자가용차들이 생생 달리더군요. 초청 받은 원로들이 타고 가는 자가용일 테죠 그런데 갑자기 '착' 하는 소리가 나더니… 나는 온몸에 흙탕물을 뒤집어썼습니다. 어떤 놈의 자가용인지… 그날따라 흰 양복을 입고 갔는데… 그 꼴로 어떻게 사람들 앞에 나섭니까? 줄줄 쏟아지는 비를 맞으면서 나는 두 시간 걸려 걸어서 집에 돌아왔습니다. 창피해서 버스도 탈 수 없었죠. 그 후 일주일 동안 몸살을 앓았습니다.

그 후 들은 얘긴데 그날 갔던 사람들은 장관하고 차 한 잔 마시고 30분 동안 장관의 연설을 듣고 나올 때는 볼펜 한 자루를 선물로 받았답니다. 차라리 안 가기를 잘했다고 자위도 해보았지만… 늙은 것도 서러운데 왜 망신까지 시키냐, 이 말입니다… 나는 세상에서는 물론 연극계에서도 이미 잊혀진 존재입니다. 요즘 세상에서는 패거리에 끼여 밀려다니지 않으면 죽은 거나 마찬가지죠 그래서 이 나이엔 초연히, 홀로 내세를 준비하는 것이 옳은 일이죠. 그러나 세상은 우리를 홀로 있게 놔두지는 않습니다. 이를테면 말입니다….

(대광이 들어온다) 어떤 날 내 친구 대광이가 찾아왔습니다. 저 친구도 나처럼 줄을 잘못 서 밀려나 연극계 가장자리서 살아온 친구입니다.

서일 … 그래? 어디서 주최한다구?

대광 대한노인복지회 문화부.

서일 대한… 노인… 복지회?

대광 문화부.

서일 문화부 길기도 하군.

대광 복지회의 기금을 마련하자는 사업이야.

서일 그래서 연극을 한다, 이건가?

대광 그렇다니까 이 각본을 봐. 출연 인원은 두 명뿐야. 65세와 70세의 노인 둘 그러니 얼마나 안성맞춤이냐. 우리 둘이 하는 거야. 우리들이 혜성처럼 나타나면 세상이 깜짝 놀랄 거야. 매스컴에서도 이번 공연을 대대적으로 밀어준대. 너 이 복지회를 미는 막후의 인물이 누군지 알아? 모르지? 대통령 큰아버지야.

서일　대통령 큰아버지?

대광　나 옛날부터 잘 알아. 한 고향 이웃집 친구야. 적극적으로 밀어준대.

서일　… 이 작품… 누가 썼는데?

대광　내가 썼어. 야, 우리보다 연극 잘 아는 놈 나오라고 해.

서일　연출은 누가 맡는데?

대광　연출은 무슨, 너하고 나하고 하면 돼. 야 우리보다 연극 잘 아는 놈 나오라고 해. 등장인물은 둘인데 하나는 코믹하고 하나는 좀 비극적이야. 너, 내 코미디 믿지. 이건 내가 하고 넌 비극 해.

서일　… 출연료는… 나오니?

대광　출연료? 그럼 우리 같은 원로배우가 특별히 출연하는데, 주최 측에선 영광으로 생각해. 일단 기본은 각자 2백만 원으로 잡았다.

서일　음… 연습장소는?

대광　우선… 여기서 하자. 조용해서 좋군. 무대는 거실에다 소파 두 개면 되니까, 여기가 안성맞춤이다. 야, 우리 멋있게 뛰어보자. 그 새끼들이 깜짝 놀라게.

서일　그 새끼들? 어떤 새끼들?

대광	우릴 업신여기던 놈들 말야. 연습은 내일부터 당장 시작

대광 우릴 업신여기던 놈들 말야. 연습은 내일부터 당장 시작하자. 책 좀 읽고 동작선도 좀 짜보게. 어색한 데가 있으면 연습하면서 고치고. (서일에게 대본을 주며) 자, 한 번, 읽어보자… 15페이지 좀 봐. 위에서 둘째 줄… 내가 좀 고생해서 쓴 대목이야. 내 읽을게. 넌 다음 대사를 받아 감정을 넣어서… 진짜 무대에 선 것처럼 말야. 음… "아들은 남이야. 내가 재혼을 하겠다니까 글쎄, 아들놈이 뭐란 줄 알아? 아버지 정신 나갔어요? 어머니 돌아가신 지 3개월밖에 안 돼요" 한단 말야. 그런 말버릇이 어디 있어. 인간이란 뭐냐? 충과 효를 모르면 개새끼지. 자식이란 누가 만들었어? 애비가 말하는데 반대해? 아, 엎치락뒤치락 이 인간사회. 나는 앞으로 누굴 믿고 살 수 있단 말인가 천지신명이시여. 예수님, 공자님, 석가님, 내가 장가간다는데 아들이 왜 반대합니까 아, 눈물이 납니다. 이 억울함.

서일 응?… 아, … "자네 참게."

대광 "이게 참을 일이야? 재혼하지 말라는 법이 있어? 있냐 말야?"

서일 … "없지."

대광 "아들이 또 뭐란 줄 알아? 아버지, 제 나이 서른다섯인데 아직 장가 안 갔어요. 제가 장가간 뒤에 재혼하셔도 늦지 않아요 이러는 거야. 내 말했지. 이놈아, 장가가는데 무슨 순서가 있니? 넌 어떻게 생각해?"

서일 … "순서는 없지."

대광	"그놈 돈 500만 원 내놓기가 싫어 내 재혼을 반대하는 거야. 나쁜 놈이지."
서일	"응, 500만 원이 돈인가?"
대광	야, 서일이 네 대사엔 감정이 없어 감정을 넣어 옛날 매너리즘서 탈피해.
서일	감정이고 뭐고 내 대사는 왜 이렇게 짧아? 네 대사는 긴데.
대광	짧고 긴 게 무슨 소용이야? 내용과 연기가 중요하지. 네 대사엔 감정이 없어. 그게 본래 네 약점이긴 하지만.
서일	뭐야? 네 대사는? 신파조야, 신파.
대광	신파라고? 너 감히 내 발성을….
서일	그건 그렇고… 이 대본 좀 수정하면 안 되니?
대광	수정?… 네 대사가 짧다고?
서일	그게 아니고… 넌 극작가가 아냐. 그러니까….
대광	좋다 그럼 합작으로 하자. 너하고 나하고 같이 쓰는 걸로 하자 그럼 사람들이 더 흥미를 가질 거야 시간 나는 대로 좀 수정해.
서일	너, 작품료는 안 받고 쓴 거야?
대광	… 좀 받겠지. 좋다 그것도 둘이 나눈다. 야, 너희 집 변소 어디 있지?
서일	밖에 왼쪽으로 가.

대광이 나간다.

서일   (관객에게) 보셨죠? 저놈 대사 읽는 게… 그러니까 아무도 안 써줬죠. 내 연기가 어떻다고요? 그 주제에. 이 작품… 결국 내가 고생하게 됐습니다. '이런 연극 안 해' 하고 거절하면 좋겠지만… 내 처지에 그럴 수도 없고… 모처럼 나를 생각해 찾아 오는데. 이 대본 연습하면서 고칠 수밖에요. 아직 시간은 있으니까요… 내가 저런 친구하고 같이 나서 공연을 한다? 내 체면은…, 하기야 저 친구는 내 연기가 서툴다고 하는 판에… 고민인데요.

문이 열리며 대광이 머리를 들이민다.

대광   야, 나와. 한 잔 하자. 날씨 경치게 좋다.

서일   네, 우리는 그날 경치게 처마셨습니다. 말도 많았고 그 새끼 저 새끼 많은 놈들을 헐뜯고 몇 번이고 죽였다 살렸다 했습니다. 결국 술값은 내가 냈고요. 뿐입니까? 연습하는 동안 점심과 술값은 내 몫이었죠. 대광이 덕분에 2백만 원을 벌게 됐으니 그 친구한테 성의는 표시해야죠. 옆방 시장댁 과부가 감격했습니다. 원로 배우들의 연습현장을 볼 수 있었으니까요. 김밥도 많이 얻어먹었죠. 대광이 녀석이 날더러 김밥뿐만이 아니라 시장댁도 먹어치우라고 했습니다. 고약한 놈. 그날은 대광이를 쫓아냈지요. 대광이는 지지리 연기를 못해요. 그러니까 과거에 아무도 그를 써주지 않았지요. 그 주제에 내 연기가 아마추어니 뭐니 하며 간섭을 하는 겁니다.

그런데 일주일 후부터 대광이가 나타나지 않아요. 2, 3일 후 밤중에 그 친구한테 전화가 왔습니다. 공연계획이 취소됐대요. 대통령 큰아버지가 호주로 이민 갔다나요. 알게 뭡니까. 애당초 지금 이런 신세에 처해 있는 내가 무엇을 기대했다는 자체가 실수였죠.

… 오늘이 9월 25일 매달 20일에는 나한테 돈 35만 원이 오는데 닷새가 지났는데도 소식이 없습니다. 대한무대예술 진흥회가 원로연극인 세 사람에게 주는 생활보조금… 아니 감사의 표시로 주는 수당입니다.

서일이 전화를 건다.

아, 여보세요 대한 무대예술 진흥회죠? 회장님 부탁합니다. 나, 서일이요 서일… 서일… 아, 회장이요? 나 서일입니다. 예, 덕분에… 바쁘시죠? 다름이 아니라… 그 후원금… 그 수당이 아직… 네? 끝났다고요? 일년 단위라고요? 다시 신청해요? 거기서 신청서 받고… 심사를 거쳐… 지원자는 많아요? 20명? 아니 무슨 놈의 원로가 그렇게 많아요? 나 참! 내가 구걸하는 겁니까? 오해는 무슨! 그만둬요. (수화기를 놓고 의기소침해지며)… 그 돈이 필요한데… 참을 걸 그랬나? (전화벨이 울린다) 여보세요? 회장… 나 필요 없다니까. 우린 명예와 자존심을 먹고 살아온 세대야

…뭐요?… 글쎄요… 알았어요… (수화기를 놓고) 회장이 미안하다는군요. 내일 직원을 보낸데요. 신청서를 가지고 회장은 쉰 살밖에 안되는데 똑똑한 편이죠.

여직원이 들어와 소파에 앉아 서류를 꾸민다.

여직원 선생님 다 됐습니다. 읽어보시고 도장 찍으세요.

서일이 서류를 훑는다.

서일 … 쥐꼬리만 한 수당을 주면서 왜 이렇게 복잡해… 이것봐, 월수… 없음. 이게 뭐야? 내가 왜 수입이 없어?

여직원 그렇게 써야 유리합니다. 요식 행위예요 모두 회장님 마음 먹기에 달렸어요.

서일이 안주머니에서 도장을 꺼내 엄숙하게 찍는다.

서일 수당은 언제부터 나오지?

여직원 11월쯤에 나올 겁니다. 심사 기간이 있으니까요. 잘 될 겁니다. 근데요. 선생님 이건 회장님의 바램이고 또 저희 진흥원의 소망이기도 한데요… (서가에 쌓인 대본을 가리키며) … 선생님은 저 엄청난 수의 옛날 대본을 소장하고 계신데… 저건 우리 연극계의 보물이기도 합니다.

서일	알긴 아는군. 고생 많이 했지. 대본 찍는 집에 문턱이 닳을 정도로 드나들며 애걸도 했고 선배 집에 놀러 갔다 훔치기도 했고 시장 휴지 파는 집도 뒤졌고….
여직원	그러니 잘 보관해야죠.
서일	내 생명처럼 잘 보관하고 있어
여직원	아닙니다. 유리창이 달린 서가에 방부제도 넣고… 연대별로 구분도 하고… 저 대본들을 진흥회에 기증하실 수 없을까요? 회장님의 성의를 보아서도 그렇고, 연극계의 보물을 공식적으로 보관한다는 뜻에서도… 후원금 심사에도 도움이….
서일	… 생각해 보겠네.
여직원	잘 생각하셨습니다.
서일	이것 봐. 다만 생각해 보겠다고 했을 뿐야.
여직원	알겠습니다. 회장님한테 그렇게 전하죠. 그럼….

여직원이 나간다.

| 서일 | … 결국 수당하고 저 대본을 교환하자 이거죠, 한달에 35만 원이 적은 돈은 아닌데… 나는 이 수당 말고도 매달 30만 원의 수입이 있습니다. 7년 전에 먼저 이 세상을 뜬 아내의 소유건물에서 나오는 집세를 받고 있습니다. 누가 그 집을 빌려 여관을 한다고 해서 빌려줬죠. 아내는 외동딸이었는데 장인, 장모… 나를 별로 좋아하지 않았죠. 장 |

인 장모가 돌아가시니 그 집은 아내의 것으로 남았죠.

아내를 여주서 만났습니다. 아내는 그때 여주의 조그만 여인숙의 외딸이었습니다. 순회공연 중 나는 무대에서 격투를 하다 허리를 다쳤습니다. 극단 일행은 떠났고 나는 여관방에서 꼼짝 못하고 누워 있었습니다. 나와 아내는 그때 젊었습니다. 때가 추석 때라 달이 유난히 밝았고요 그러니 자연히… 더 이상 설명이 필요 없죠?

극단 일행과 합류하기 위해 강릉으로 떠나는데 아내가 보따리를 싸들고 나를 쫓아오는 겁니다. 아무 낙도 모르고 공연한다며 돌아다니던 나에게 한마디 불평 없이 독수공방을 운명처럼 감수한 아내. 그 아내는 못난 나에게 죽은 뒤에도 생활비를 대주고 있습니다. 거의 아내 혼자서 키운 외아들도 벌써 스물이 넘었습니다. 자기 어머니가 죽자 아들은 포항서 사는 이모집에서 자랐습니다. 가끔 애를 만나도 왜 그런지 서먹서먹합니다. 내가 아들에게 해준 것이 있어야죠.

의경 복장을 한 아들이 들어와 앉는다.

아들 일주일간 휴가를 얻었습니다.

서일 너 아직 포항에서 사니?

아들 파견 근무를 했죠. 독도에 가 있었습니다.

서일 독도? 독도를 지켰어?

아들	네. 열흘 후 제대합니다.
서일	그거 잘 됐군. 고생이 많았지? 그래 너 전문 대학은 마쳤니?
아들	네.
서일	… 포항 이모도 잘 있고?
아들	네 건강하십니다.
서일	… 그리구… 음….
아들	아버진 건강하시죠?
서일	그럼 보다시피.
아들	어떻게 소일하세요?
서일	가끔 연극도 하고… 주례도 서고… 시시한 모임도 많다. 심심하면 독서도 하고… 너 제대하면 서울에 올라 올 거지? 오랜만에 너하고 같이….
아들	그냥 포항에 있게 될 것 같아요.
서일	거기 직장이 생겼니?
아들	직장이라기보다는….
서일	무슨 일을 할 건데?
아들	… 연극이요.
서일	응? 너 이제 뭐라고 했니? 연극?
아들	네.

서일이 벌떡 일어나 뒷짐을 지고 돌아선다.

서일 시골서 무슨 연극을 해?

아들 포항이 왜 시골입니까? 마음 맞는 친구들끼리 극단을 만들기로 했습니다.

서일 연극이 쉬운 일인 줄 아니? 할 일 없을 때 하는 게 연극이야?… 잘 생각해봐.

아들 몇 달 동안을 두고 생각해 봤습니다.

서일 좀 더 생각해봐.

아들 아버지도 연극을 하신 분 아닙니까?

서일 한 집안에서 연극 때문에 고생한 사람 하나면 족해. 그 고생과 가난을 대를 물려 계속할 필요는 없다.

아들 자기가 좋아 택하는 길인데 고생 좀 하면 어떻습니까? 아버지는 반대하십니까?

서일 반대라기보다는….

아들 아버지는 평생 연극하신 걸 후회하십니까?

서일 … 아니.

아들 그럼 됐네요. 첫 공연 때 초대할게요.

서일 얘야… 좀 더 신중히 생각해라. 너 오늘 여기서 자고 갈 거지?

아들 아닙니다. 사람을 만나고 곧 내려갈 겁니다. 아버지, 이동선 선생 잘 알죠?

서일 이동선 그 친구는 왜? 판실이 장례식에서 만났다. 눈물을 닦으면서 조사를 읽더군. 그 친구는 왜?

아들 저희 극단 창단 때 모셔 축사를 부탁하려고요.

서일　　하필 이동선이야! 그 가짜를….

아들　　그래도 그 분은 대선배이고 자타가 공인하는 연극계의 원로가 아닙니까?

서일　　아, 나도 원로야.

아들　　그렇지만… 그 분은….

서일　　알았다 알았어. 어서 가 봐라.

아들　　그럼… 제대하고 다시 올라와 뵙겠습니다.

아들이 나간다.

서일　　하필 연극을 한다고… 하필 그 이동선이한테 축사를 부탁해? 그 가짜한테 나를 무시한 그놈한테… 왜 연극을 한다는 거야? 포항에는 울산과 마찬가지로 공장들이 썩어지게 들어앉아 있는데 아무데나 골라 취직하면 될 것을… 그놈은 내 고생을 몰라서 그래.

시장댁이 산뜻한 양장차림으로 들어온다. 손에는 쇼핑백이 들려 있다.

시장댁　　뭣하고 계세요?

서일　　음… 독서를 끝내고 지금 사색 중이에요.

시장댁　　그럼 먹고 마실 시간이 됐네요.

쇼핑백에서 양주와 마른안주, 그리고 종이컵 두 개를 꺼내 술병 마개를 따서 서일에게 권한다.

서일   … 무슨 일입니까?

시장댁   선생님하고 한 잔하고 싶어서요.

서일   그 옷… 참 잘 어울리는데요. 20대 처녀처럼 젊게 뵈는군.

시장댁   가슴이 너무 패였죠? 자, 한잔 드세요.

서일   … 독하군.

시장댁   안주요.

서일   (관객에게) 이 여자가 갑자기 발정한 게 아닐까요? 싫지는 않지만 갑자기….

시장댁   갑자기 들어와 미안하지만 비지니스가 있어요.

서일   … 비즈니스… 응… 비지니스라는 게 있지….

시장댁   선생님 좀 도와주세요. 아유, 한잔 들어갔더니 벌써 몸이 달아오네요.

시장댁이 옷에 걸쳤던 레이스천의 쇼올을 벗자 서일이 그것을 받는다. 옷에 꽂힌 브로치를 보고.

서일   … 이게 웹니까?

시장댁   네? 브로치요.

서일   브로치… 무슨 꽃이지?

시장댁   아카시아꽃이요.

서일	아카시아꽃. 어렸을 때 아까시아꽃 많이 따먹었지. 배가 고파서.
시장댁	요새는 아카시아 꽃 먹는 사람 없어요. 꿀벌들이나 먹어요.
서일	꿀벌뿐인가. 말벌, 거미, 파리, 모기 등 잡벌레들이 몰려들지. 꿀벌도 아카시아꽃 얻어먹기 힘들걸.
시장댁	그러니까 정신 바싹 차려야 해요.
서일	누가?
시장댁	꿀벌이요. 우물거리다간 꿀을 빼앗겨요.
서일	… 음 그거 참. (시장댁의 쇼울을 소파에 걸고 머뭇거리다 저고리를 벗고) … 장사는 잘 되는 거죠?
시장댁	손님은 많은데 손이 딸려요. 수요는 많은데 공급이 딸린다는 말이죠.
서일	음… 워낙 잘 팔리니까.
시장댁	(바싹 다가앉으며) 선생님, 김밥 좀 말아주세요. 선생님 한가한 시간에요. 김밥 마는 거 간단해요. (쇼핑백에서 김밥 마는 발을 꺼내서) 여기에 싸서 요렇게 말면 되거든요.
서일	나도 말아 봤어요.
시장댁	그럼 잘 됐네요. 저희 김밥이 잘 팔리는 건요 재료가 좋아서 그래요 재료가 여섯 가지나 들어가니까요.
서일	한가한 사람들이 많을 텐데…
시장댁	비밀이 새거든요 재료가 뭐다, 하루에 몇 개 만다, 단골이 누구다… 그렇지만 선생님은 여기서 말면 군말이 없거든요.

서일   그 술 한 잔 더 줘요 맛이 좋군.

시장댁   선생님, 해주실 거죠? 물론 노동의 대가는 물심 양면으로 충분히 드리겠어요.

서일   … 물심양면으로… 나 돈 필요 없어요. 생활에 지장이 없어요. 나를 어떻게 보았는지 모르겠는데 난 괜찮게 살아요.

시장댁   제 마음의 표시죠. 아, 이럼 어때요? 제가 생명보험 판매도 하거든요. 선생님 생명보험 안 드셨죠?

서일   뭣 때문에? 내 생명을 내가 존중하고 내가 책임지는 거요.

시장댁   누군요! 만약을 생각해서 그런 거지. 잘 됐다. 제가 김밥 마는 대가로 선생님 보험에 넣을게요. 매달, 선생님은 보험에 들어 좋고, 저는 수당을 타서 좋고… 선생님은 저의 은인이셔. 우린 동업자예요.

서일   … 술 한잔 더….

시장댁   술병 놓고 나갈게요. 선생님 다 드세요. 그렇지만 조금씩 드세요. 몸도 생각해서. 선생님 고맙습니다.

시장댁이 나간다.

서일   나 참! (김밥말이 발을 들고) 원로 예술가가 검밥을 말아? 여기 밥하고 찬을 넣어서 말면 요만한 납작한 김밥이 되겠지… 내 길고 수많은, 희비가 엇갈린 인생을 이 발에 놓고 밀면 나의 인생은 김밥만 하게 짧아질 거다. 김밥만 하게 짧아진 내 인생을 어떻게 표현할까?

태어났다, 지랄했다, 그리고 뒈졌다, 이거겠지? (일어나 술병과 안주를 쇼핑백 안에 넣고 서가쪽으로 가며) 작작 마시자. 좋은 술은 아껴야지. 가만, 내가 시장댁한테 김밥을 만다고 언질을 준 것도 아닌데…, 세상은 네, 아니오라는 말을 안 해도 제멋대로 굴러 가는가? 나의 의지와는 관계없이.
시장댁은 가까운 사이에 돈을 주고받는 것도 뭣하니 보험을 들어 준다고 했어요 생명보험 태어나 생명보험에 들기는 처음입니다만….

초겨울 바람이 분다. 서일이 스웨터를 꺼내 걸친다.

또 겨울이 찾아왔습니다. 나에겐 겨울이 천적입니다. 본래 추위를 타는 체질인데다 그 연탄불 때문에 죽을 지경입니다. 이곳은 지대가 높은지라 연탄집에선 배달도 안 해준답니다. 체면상 대낮에 내려가 연탄 두 덩이를 새끼줄에 매달아 갖고 올라 올 수도 없고… 한밤중에 쌩쌩 바람 부는 고갯길을 오르려니 분통이 터지죠. 그놈의 연탄 툭하면 꺼져 버리니 피우기도 힘들고… 내 죽은 아내도 그런 말 했지.

소리 (밖에서) 서 선생님 계십니까?
서일 응?… 누구요?… 이 한밤중에….

서일이 문을 열자 기자가 들어온다.

기자	신문사에서 왔습니다, 전화를 수차례 걸었는데 받지 않으시기에⋯.
서일	외출 중에 건 모양이군, 근데 무슨 일이요? 거기 앉아요.

기자가 명함을 건네준다.

기자	미안합니다, 이렇게 늦게 찾아와서 우선 축하합니다.
서일	뭐라고?
기자	연락 못 받았습니까?
서일	지금 무슨 말 하고 있는 거야?
기자	선생님이 이번에 월산연극상을 받게 됐습니다. 그래서 인터뷰를 할려구요.
서일	월산연극상? 그게 뭔데?
기자	5년 전에 돌아가신 월산 박치봉 선생님의 유덕을 기르기 위해 세운 재단이 있습니다. 거기서 매년 수상자를 뽑죠. 모르셨습니까?
서일	박치봉⋯ 그래, 몇 년 전에 돌아가셨지.
기자	축하합니다.
서일	근데⋯ 그 월산인가 뒷산인가 하는 데서 왜 나한테 상을 주지? 나는 박치봉 씨하고는 별로 친하지도 않았는데⋯.
기자	타실만 하니까 타시는 거죠. 부상이 500만 원이랍니다.
서일	응? 500만 원?
기자	사실 선생님 같은 분에게 500만 원은 좀 뭣하지만⋯.

서일   상은 나만 타나?

기자   아니죠. 선생님은 공로상을 타십니다. 본상은 있죠. 본상은 2,000만 원이죠.

서일   2,000만 원, 그건 누가 타는데?

기자   공일석이요

서일   공일석?… 모르겠는데.

기자   작년에 〈늙은이의 절규〉라는 작품에서 주인공을 맡았죠.

서일   늙은이의 절규… 몇 살이나 먹었는데?

기자   서른넷입니다.

서일   근데… 나한테는 왜 상을 주지? 공로상이 뭐야?

기자   그거야… 선생님 같은 원로분에게… 과거의 업적이나… 뭐 그런 거죠. 사실 상이라는 게 꼬집어서 요것이 좋았다 고것이 좋았다 해서 주는 게 아니지 않습니까? 사실 요새 상이라는 게 너무 많죠. 예술가보다는 예술상이 더 많다는 농담도 있으니까요

서일   그런데도 상을 더 많이 탈라고 지랄하는 사람이 많지.

기자   선생님처럼 상과는 거리를 두고 산 분도 계시는데 말입니다.

서일   … 음… 거리를 두었다기보다는… 기회가 없었지. 심사는 밤낮 그 사람들이 하는데 나는 그 사람들하고 친하게 지내지 못했으니까.

기자   그러니까 문제죠. 우리의 상제도는 타락했어요. 예술가이신 선생님 앞에서 이런 소리를 해서 미안하지만 상 탈 자

격 있는 사람이 상을 탄 경우는 드물거든요. 상을 준다고 할 때 나는 자격이 없다. 또는 그런 상 싫다고 거절하는 연출가도 좀 있어야죠. 얼마나 멋있습니까.

서일   … 음. 글쎄… 각자 알아서 할 일이지만.

기자   나는 일생 상과는 관계없이 살 것이다라고 선언하는 예술가도 좀 나와야죠. 그건 그렇고 선생님 연극을 왜 시작했습니까? 그 고독한 예술을. 후회는 없습니까?

서일   … 좋아했으니까 자네는 왜 기자를 하나? 좋으니까 하지? 후회 않냐구? 이제 와서 후회 한들 뭣해. 인생을 살다 보면 말년기는 후회하게 마련인데 그걸 남 들어라 하고 후회한다고 하면 뭣해? 결국 그건 내가 택한 일인데, 그 수많은 역 중에서 내가 맡은 역이 연극이야. 그럼 연극이 끝날 때까지, 인생이 끝날 때까지 그 역을 맡아야 하는 게 아냐?

기자   … 네. 주위에서 선생님 맡으신 역이… 미스 캐스트였다고 할지도 모르지 않습니까? 차라리 다른 역, 이를테면 장사나 농사를 했으면 더 좋았을 것을 하는 사람도 있을지 모르지 않습니까? 실패한 역이라 할지도 모르죠.

서일   사실… 나를 그렇게 보고 웃거나 멸시하는 사람도 있었지. 우린 대통령 하겠다고 나서는 친구들한테도 너는 시골 면장이나 하라, 너는 지리산에 들어가 빨치산이나 되라 하고 비웃는 판이니까. 누가 무슨 얘기하든 그건 자유야. 그렇지만 자신이 실패작이라고 믿으면 이처럼 슬픈

일이 없지. 안 그래? 너는 죽으라는 말과도 같으니까. 사람이 늙어 가는 것도 슬픈데 내 일생은 휴지조각이다 하고 자임하면 이건… 자살이야. 억지로라도 그런 정도면 잘 살았다 하고… 환상을 가져 보네. 연민 어린 동정은 질색이고.

기자 그런데 말입니다. 이번 선생님에게 주어진 상이 동정이라고 생각은 안 듭니까? 그간 우리끼리 배부르게 다 나눠먹은 떡, 저기 부스러기 조각이 남았으니 불쌍한 친구에게 덜어주자… 뭐 이런 식의 수상이라는 생각은 안 듭니까? 표현이 좀 지나친 것 같습니다만…?

서일 지나치군… 음.

기자 대담하게 분연히 일어나 나 그런 상 필요없다 하고 거절하실 생각은 없습니까?

서일 … 자넨… 내가 그러기를 바라나?

기자 꼭 그런 건 아닙니다. 선생님이 아까 동정은 질색이라고 하셨기에 묻는 말입니다.

서일 … 자넨 내가 어떻게 하길 바라고 묻는 거야?

기자 저는 기자입니다. 저는 향상 공정하고 중립을 지켜야 합니다.

서일 할 소리 다 씨부렁대고 공정이야?… 하기야 자네 소리를 들으니 기분은 좋잖다. 좀 더 생각하겠다. 가보게 .

기자 (일어나 문 쪽으로 가며) 자기들 좋아라 벌려놓은 춤판에 끌려들어 가 꼭두각시놀음 할 필요는 없지 않습니까?

서일   자네 조상 중에 상 타려고 환장하다 죽은 사람이 있나? 내일은 내가 알아서 해! 가보라구. 내가 동정이나 청하는 사람은 아니니까. 별 걱정 다 하네.

기자   그럼… 안녕히 계십시오.

기자가 나간다.

서일   (관객에게) 저 기자 놈이 온 목적이 뭡니까? 축하한다고 하더니… 어쩌구 저쩌구 내 인생을 묻고… 동정이 어떻고… 참 웃기는 놈 아닙니까? 내가 500만 원 탄다는데 자기가 뭔데….

문이 열리며 시장댁이 밥통과 김밥재료가 든 쟁반을 들고 들어온다.

시장댁   아까 왔더니 주무시길래….

서일   … 아침부터 이 일을 해야 하나?

시장댁   오늘은 100개만 말아주세요 시작하기 전에 꼭 손을 씻어야 해요. 끝나면 시장으로 갖다 주세요.

서일   … 오백만 원짜리 상을 받는 사람이 김밥을 말아?

시장댁   네? 아, 오백만 원… 아니죠. 오천만 원이죠.

시장댁이 주머니에서 서류를 꺼낸다.

시장댁 보험계약서예요. 5,000만 원짜리… 여기 도장을 찍고… 여기엔 가족 중 직계되는 분의 이름을 쓰세요.

서일 직계의 이름?

시장댁 갑자기 일이 생기면 대신 수령할 사람이 있어야죠. 없으면 제 이름을 쓸까요?

서일 … 시장댁 이름?… 나 참!

시장댁 농담이에요.

서일 (일어나 서가 쪽으로 가며) 매일 김밥을 말면 이건 자연 해결된다… 이거지? (서일이 도장을 가져와 찍고, 아들의 이름을 쓴다) 자 이럼 되나?

시장댁 … 이 사람 누구예요?

서일 내 아들.

시장댁 어마나! 난 선생님이 독신인 줄 알았는데, 한 장은 선생님이 갖고 계세요… 100개입니다. 시장으로 갖다 주시는 거죠? 잘 말아야 해요. 탄탄하게 손은 꼭 씻구요.

시장댁이 나간다. 서일이 서류를 들여다본다.

서일 (관객에게) 생·명·보·험. 살다보니! 한 달에 얼마를 무는지… 알 필요가 없다니. 이 활자는 깨알 같아서… 알 수도 없고. 근데 나는 이제부터 김밥말이가 본업이 되는 게 아닙니까? 하기야 취직을 한 셈이지만. 창피한데요. 양주 한병 때문에… 아니, 저 시장댁이 이럴 바에야 동업자끼리 같이 살자고 하면 어떡하죠? 아직도 온몸에서 기름이 뺀질뺀질하게 윤이 나는 시장댁을… 내가 감당해 낼 수 있을까요?… 그래서 나한테 생명보험에 들라고 했다?…그럴 여자는 아닐 것 같은데… 머리가 복잡한데요.

까치가 요란하게 운다.

까치야 안다 알아. 나 상 탔다 500만 원 받고… 작작 울어라.

문이 쑥 열리며 대광이 신문지 몇 부를 들고 들어온다.

서일   … 까치야, 울던 이유가 고작….

대광   웅? 오랜만이다. 대광이가 왔다.

서일   아, 대통령 큰아버지가 이민 가서 잘산데? 자식, 무슨 낯으로 또 찾아와.

대광   먼 길 찾아 온 친구에게 그런 말 하면 쓰나.

서일   또 연극하자고? 집어치워.

대광   야, 이 고갯길 앞길이 왜 그렇게 복잡해? 신호등도 없고, 이리저리 땅을 파고, 차는 미친 듯이 달리고 사고 안 나는 게 이상하다.

서일   사고? 말 말게. 요전에도 길 건너던 노인하고 여학생이 차에 치어 죽었어. 아주 위험해.

대광　너 조심해라. 그놈의 길 사람 잡겠다. 길 건너는데 식은땀이 났다.

서일　그런데 왜 왔어?

대광　웅?… 하여튼 요새 사람들 왜 그렇게 성급하지? 몸에 화통을 지고 다니는 것 같아. 차도 쌩쌩, 걸음걸이도 쌩쌩, 내일모레 뒈지나? 여유라는 게 없어. 어차피 시간이 지나면 죽을 건 뻔한데. 빨리빨리 하면서 뛰는 놈들 보면 미친놈 같아. 스피드, 스피드… 속도라는 말야… 스피드 하다 죽을 놈들.

서일　그러니 너나 나나 그 친구들을 따라갈 수 있나. 항상 쳐져 살다가 망각 속에 사라질 수밖에. 그저 우리 나이가 되면 아무것도 않고 욕심 부리지 말고 신세지지 말고… 뭐 그렇게 사는 거야 .

대광　역사적으로… 역사적으로 말야….

서일　크게 나오네.

대광　윗사람에게 관심 없는 사회는 도덕적으로… 거 뭐야, 윤리적으로 망하는 거야. 그래서 영웅이 나오지, 사회를 구하려고.

서일　영웅? 무슨 수작이지! 야, 너 왜 왔어?

대광　아 서일이, 너 영웅 됐다. 이 신문들 좀 봐. 넌 하룻밤 새에 영웅이 됐어.

서일　… 이게 뭔데?… (신문을 훑어보다) 아… 니….

대광　대문짝만한 기사다.

서일	… 서일 씨… 수상 거부… 예술계의 충격… 이게 무슨 말이야?
대광	난리가 났어. 아침부터 나한테 전화가 얼마나 많이 오는지 격찬이야. 네가 양심적인 예술가래. 지조 있는 원로 예술가래.
서일	나 참! 이것들이 제멋대로… 야, 이건 또 뭐야? 왜 대광이 네 이름이 났니?
대광	읽어봐. 어젯밤 신문사에서 전화가 왔기에 한마디 했다.
서일	…"가식 없는 예술가… 양심과 결백 그리고 명예를 생명으로 아는… 어쩌고저쩌고… 연기력에는 한계가 있어 주목을 못 받지만… 예술을 위해 최선을 다하는 존경하는 내 친구"
서일	뭐야? 야, 뭣이 어때? 연기력에는 한계가 있다구?
대광	문장은 전체를 보고 평하는 거야. 널 위해 한 말이다. 야, 너 멋있다. 네게 그런 용기가 있을 줄 몰랐다. 10년 앓던 변비가 탁 터져 설사를 하는 기분이다.
서일	그 기자라는 놈… 내가 언제….
대광	무슨 소리야, 그 기자한테 감사해야지. 우리 이름이 언제 신문에 나와? 난 일생 처음이다. 네 덕분이긴 하지만.
서일	알지도 못하면서… 그게 아니야.
대광	아니고 뭐고 넌 영웅이 됐어. 덕택에 우리도 기분이 좋고 나를 듯한 기분이다. 넌 우릴 기쁘게 했어.
서일	우리? 우리가 뭐야?

대광	몰라서 묻니? 족벌 정치에 밀려 우울하게 살아온 우리말
	야. 그래서 하는 말인데. 오늘 저녁 시간 좀 내라. 우리들
	평창동 쌀쌀이 집에서 모이기로 했다. 자네 용기와 정의
	감을 위해 한잔하기로 했어.
서일	홍, 아무 쓸모도 없는 송장 같은 친구들끼리 밀려다니면
	꼴 좋겠다. 또 한번 신문에 날라.
대광	축하해 주는 친구들을 그렇게 말하는 법이 아냐…얼마나
	멋있어? 수상거절! 오백만 원 거절! 네게 그런 용기가 있
	었다니.
서일	그런 게 아냐. 그 기자놈이….
대광	이제 겸손할 필요없어. 잘 했어… 야, 이건 다 뭐야?… 밥
	통… 김….
서일	손대지 마.
대광	너… 김밥 마니? 결국 너 시장댁하고 붙었구나. 예쁘장한
	게 너한테 꼬리를 친다 했더니, 잘 됐다. 내가 그때 뭐랬
	어? 김밥만 먹지 말고 시장댁도 잡수시라고 했지? 잘했어.
	기가 막힌 연극이다.

서일이 대광의 멱살을 잡는다.

서일	너 말조심해. 죽여버린다.
대광	이 손 놔! 아이구… 알았어. 취소해. 잘못했어. 손 놓으라
	니까!

서일	그 나이에 과부가 돼서 살아보겠다고 바득바득 애쓰는 게 안쓰러워 좀 도와주는데, 그게 네 눈깔엔 그렇게밖에 안봐?
대광	농담이라니까 자식, 축하하러 온 친구의 멱살을 집아?
서일	농담도 가려서 하는 거야. 야, 내 연기에 한계가 있어? 주목을 못 받았어? 이것도 농담이야?
대광	그거야… 농담 진담이 한꺼번에 뒤죽박죽이 됐지.
서일	네 연기력은 어떤데?
대광	… 너와 비슷하지 뭐. 난 줄을 잘못 서서 기회가 주어지지 않았어. 너의 친구가 좋은 소식 담긴 신문까지 사들고 이 언덕길을 기어올라 왔는데… 나를 이렇게 대해? 섭섭하다.
서일	… 미안하다. 너 똑똑히 알아둬. 내가 그 상을 거절한 게 아니라 기자하고 얘기하다 보니 그 친구가 오해를 했어.
대광	이제 와서 무슨 소리야? 네가 무슨 변명을 해도 넌 수상을 거부한 영웅이야. 이제 구차한 변명을 하면 넌 걸레처럼 취급돼. 알겠어? 넌 본상이 아니고 공로상을 받았다니 기분이 나빴지? 나라도 그랬을 거라. 기자는 약삭빠른 본능으로 알아차린 거야.
서일	나쁜 놈!
대광	천만에! 넌 그 친구한테 감사해. 500만 원이 돈이냐? 넌 몇 천만 원을 받은 셈이야. 자, 우리 오늘 저녁 쌀쌀이 집에서 만나는 거야. 내가 연락 책임자다. 한 열 명쯤 나

올 거다.

서일 술값은 누가 내는데?

대광 회비 만원씩 갖고 나오라고 했다.

서일 만원? 쌀쌀이집이 얼마나 비싼데?

대광 나머지는 네가 내. 영웅이 그까짓 돈 못내? 자, 나 간다. 상갓집에 들려야 해. 참, 너 오경탁 교장 알지?

서일 오경탁?

대광 고등학교 교장 하던 사람 말야. 우리 옆집서 살던 연극을 좋아해서….

서일 아, 기억나.

대광 그 교장 선생님이 돌아가셨어. 자살했어.

서일 자살?

대광 아파트 15층에서 투신자살했어. 참, 좋은 분이었는데 나 거기 가야 해.

서일 왜… 자살이야?

대광 부도가 났어. 출판사가 망하고 부도가 났거든. 제자들이 합자를 해 도울 테니까 교재를 찍는 출판사를 내라고 해서 냈는데… 빚이 쌓이니까 그 제자들이 다 빠져 버렸어. 책을 팔아주겠다, 자금을 대주겠다, 하던 놈들이 급하게 되니까 다 꽁무니를 뺐어. 죽일 놈들! 어른을, 스승을 그렇게 속여?

서일 퇴직금, 연금 가지고 편안히 살 거지 무슨 장사를 한다고….

대광	장학재단을 만들려고 했대.
서일	장학재단… 그렇다고 자살해?
대광	제자들이 당장 걸리는데? 이 몸 하나 희생하면… 하는 각오였겠지. 요새 젊은 놈들! 아마 상갓집에 가봐도 제자놈들은 안 나타날 거야.
서일	참 안됐다. 왜 늙은이를 이용하지? 늙은 것도 서러운데.
대광	그래도 제자들을 끝까지 보호했어. 남에게 신세지는 걸 싫어한 사람인데.
서일	신세지는 게 아니라 희생이다. 늙어서도 남을 돕고 희생까지 하니… 너나 나나 도저히 할 수 없는 일이다. 이 나이에 가족을 위해, 남을 위해 희생한다는 게 얼마나 훌륭한 일이냐 제자 놈들 참!
대광	나, 간다. 저녁에 그리로 나와.

대광이 나간다.

| 서일 | … 보셨죠? 500만 원이 아차 하는 순간에 날아갔습니다. 내가 그걸 거절했습니까? 그 일은 내가 알아 할 테니넌 집에 가라고 말했을 뿐입니다. 기자가 그런 글을 쓰다니… 내게 힘이 있었다면 기자는 그런 일 안 했을 겁니다. 모르겠습니다. 기자가 왜 내 말을 거절했다고 짐작했는지. 정확히 예스, 노를 못한 나의 탓일지 모릅니다. 그러나 이제 와서 그쪽에 전화를 걸어 내 본심이 그렇지 않다 |

고 말할 수도 없습니다. 이렇게 오해 된 마당에 그런 말 하면 나는 비겁하고 지저분한 노인으로 낙인찍힙니다. 그러니… 거절한 걸로 밀고 나갈 수밖에요. 세상이 이렇습니다. 하여튼 저는 김밥 100개를 말아 시장댁에 전하고 쌀쌀이 집에 갔습니다. 시장댁이 내 솜씨가 좋다고 얼마나 칭찬을 하는지 나를 보는 눈빛이 달라졌어요. 쌀쌀이 집 주인이 방을 들어서는 내 손을 왈칵 잡더니 서일 선생, 멋있어요 하고 환영하더군요. 열 명이 모인다던 친구는 나까지 합쳐 다섯뿐입니다. 다 줄을 잘못 섰고 타고난 재주가 없이 연극계 음지서 살아온 사람들. 그러나 그날은 기분이 좋았습니다. 누가 뭐래도 제가 그날 밤 주인공이요 영웅이었습니다. 같은 방에 손님이 대여섯이 있었는데 어느 틈에 우리와 한패가 되었습니다. 대광이를 비롯 친구들이 얼마나 나를 칭찬하는지 손님들은 박수를 치고 우리에게 술과 안주를 마구 보내고… 사회가 썩었다, 정치가 왜 이 꼴이냐, 젊은 것들이 건방지다, 미국 놈이 왜 간섭이냐, 여편네들이 왜 자가용 타고 다니며 지랄이냐, 가짜 예술가들이 너무 많다… 수없이 많은 욕설이 합창하듯 튀어나왔습니다. 이런 와중에 서일 선생 같은 분이 있다니 우리에게는 희망이 있다. 그런 의미에서 건배!… 주인공 돼본 기분이 이렇게 황홀할 줄이야 미처 몰랐습니다. 취중에도 이게 현실인가 연극인가 혼돈 했습니다. 그까짓 500만 원 버리길 잘했다. 몇 번 생각했습니다. 몇 천만 원짜리 기분을 맛 보았으니까요. 손님들이 나중에는 내 어깨를 끼고 서형, 서형, 잘 거절했어요. 멋있어 하며 같이 춤을 추고 노래도 하고… 세상에는 우리가 몰라서 그렇지 좋은 사람들이 많습니다. 더욱 놀란 것은 쌀쌀이 집을 나올 때 친구들이 꼬깃꼬깃 말았던 돈을 꺼내 계산하고 있는데 주인이 아까 같이 있던 손님들이 우리 처먹은 것까지 다 내고 갔다는 겁니다. 영웅, 주인공은 이런 대우를 받는 겁니다. 내 친구들도 아주 우쭐했고요. 또 한두 집 들렀다가 깜빡 했는데 눈을 떠보니 이 방이었죠. 어떻게 왔는지 술꾼에게는 귀소본능이라는 게 분명 있는 모양입니다. 눈을 떠보니 저는 파자마바람에 이불을 덮고 있었습니다. 옷은? 하고 보니 옷걸이에 차분히 걸려 있었습니다. 이상하다 했더니 시장댁이 사발에 꿀물을 타 갖고 들어왔습니다. 외간남자가 자는 방에 말입니다 향수냄새가 얼마나 달콤하고 신선했는지. 알고 보니 글쎄… 시장댁이 곤드레만드레 되어 바닥에 쓰러진 나의 옷을 벗기고 파자마를 입히고 이불 속에 눕혔다는 겁니다. 얼마나 창피한지. 그럼 내 것을 다 봤을 게 아닙니까? 이 나이에 뵐 것도 별로 없지만… 시장댁은… 예쁘고… 착한 여인입니다. 아니, 내가 왜 이러죠? 안될 일이죠. 안될 일입니다. 감히 시장댁에 대해서 그런 생각을… 옆방 여자, 동업자일 뿐, 그 외에는 아무것도 아니죠. 음….

정초에 아들이 찾아 왔습니다. 수상 거부다 뭐다 할 때 아들은 포항서 전화를 했습니다. 아버지 잘 거절했다고 하더군요.

아들이 들어온다.

아들 아버지.
서일 너… 기별도 없더니….
아들 별일 없죠?
서일 언제 왔는데?
아들 지금이요 그간 어떻게 지냈어요?
서일 응, 이럭저럭 오라는 데는 없어도 괜히 바쁘다. 넌? 잘 지냈니? 참. 창립공연 잘 됐다며?
아들 네.
서일 네가 연출을 했다니….
아들 연출도 하고 연기도 했죠. 평은 괜찮았습니다.
서일 잘 됐군… 돈 좀 벌었니?
아들 벌긴요. 손해 안 봤으니 성공한 셈이죠. 아버지, 누구하고 같이 왔는데요.
서일 누구?
아들 밖에 있어요.
서일 아, 그럼 들어오라고 해야지 날씨도 추운데.

아들이 문을 열고 손짓을 한다. 처녀가 종이빽을 들고 들어온다.

아들   아버지셔.

처녀가 다소곳이 인사한다.

서일   (당황해서) 음… 거기 좀 앉지… 음.

처녀   (빽을 내놓으며) 이거… 변변치 않지만….

아들   양주하고 안주죠.

서일   뭐 이런 걸….

아들   … 저희 친구에요.

서일   음… 서울서 사니?

아들   아뇨 포항서 살아요. 아버지 뵐려고 같이 왔어요.

서일   … 너 자고 갈 거냐? 오랜만인데.

아들   아뇨 저녁에 모임이 있어요. 동창생끼리요. 밤차로 내려갈
         랍니다. 내일부터 연습이 있어서요.

서일   정초부터… 음… (처녀에게)… 무슨 일을 하지?

처녀   저 초등학교에 있어요.

아들   국민학교 선생입니다. 아동극을 지도하죠.

처녀   선생님 말씀을 많이 듣고 한 번 뵙고 싶었는데… 영광입
         니다.

서일   아동극을 합니까?

처녀   관심이 있습니다. 교육적인 차원에서요.

서일   교육… 좋지요.

처녀   말씀 낮추세요.

서일	선생님인데… 그래, 틈을 내서 너 있는데 내려가서 네가 한다는 극장도 보고 싶었지만… 괜히 자질구레한 일에 말리다 보니… 무슨 극장이라고?
아들	전진극장입니다.
서일	전진… 후퇴하면 안 되지. 좌석은 몇 개지?
아들	좌석이랄 것도 없지요. 한 백오십 명 들어올 수 있습니다.
서일	요새 집값이 비쌀 텐데.
아들	3층 빌딩의 지하실을 얻었어요.
서일	얼마에?
아들	500만 원에요.
서일	(혼잣말로)… 500만 원.
아들	네?
서일	음… 그 돈 어떻게 마련했니?
아들	뜻있는 사람끼리 모았죠.
서일	주인이 나가달라면 어떡하지?
아들	2년 계약했어요. 주인이 언론인 출신인데 연극을 이해하시는 분입니다. 3,000만 원 내면 3층을 다 쓸 수 있는데요. 2층엔 극단사무실을 두고 셋방을 내고 3층은 미술학원이나 무용학원… 또는 아동극 학관을 내면 이상적이죠.
서일	시간이 걸리겠군.
아들	해보는 거죠. 하루 스물네 시간 연극 공연만 생각하면 안 될 일 있겠습니까. 이 극단 저 극단을 기웃거리면서 배역이나 하나 얻을까 하고 다니던 때는 지났어요. 죽이 되건

밥이 되건 자기 극장이 있어야 하고 자기 원하는 걸 해야만 가치가 있어요.

서일 자신 있냐?

처녀 자신이 넘쳐흘러요.

서일 세상이 자신만으로 결정된다면야 얼마나 좋겠니. 고생이 많을 거다.

아들 아버지 세대 때하고 비하면 아무것도 아니죠. 아버지, 우리 해낼 겁니다. 아동극도 키워 볼 생각입니다.

서일 꿈이 많아 좋기는 한데….

처녀 이 분은 해낼 겁니다. 성의도 대단하고요. 꿈이 있어요. 연기력도 탄탄하구요.

서일 선생님이 그렇게 봐주니 다행입니다 내 아들 믿을 수 있어요?

처녀 믿지 못하면 어떻게 결혼을 합니까?

서일 결혼?

아들 사실은….

서일 알았다 알았어. 바쁘다며? 어서 가봐라.

두 젊은이가 인사를 하고 나간다.

서일 (관객에게) 요새 젊은이들 당돌하죠? 주머니 털면 먼지만 나올 텐데 어디서 저런 용기가 나올까요? 나한테 물려받은 건 몸뚱어리뿐인데. 그래도… 내 애가 벌써… 라는 생각을 하면 대견하게도 느껴집니다. 그 여선생… 내 아들에게 뭣을 기대하는지… 믿으니까 결혼하죠… 하니 (머리를 흔든다) 아들을 보니 갑자기 먼저 간 아내가 생각납니다. 여주에 가서 마누라 산소와 그 옛날 집이나 찾아보고 싶군요.

이 집에 경사가 났습니다. 땅 속에 묻힌 돌 같은 내 신세인데 내 주위는 활발합니다. 시장댁 딸이 서울대학교 시험에 합격됐답니다. 딸도 에미를 닮아 똑똑한 모양입니다. 눈물겨운 얘기입니다. 시장 한구석서 김밥을 파는 과부의 외딸이 서울대학에 들어갔다니… 김밥 팔고 보험회사 외판원도 하고… 한국 여성들은 대단합니다. 남자들은 비실비실한데….

인생이라는 무대에 사는 우리들은 너나 할 것 없이 배우들입니다. 그러나 인생무대의 배우들은 때가 되면 무대에서 내려와 관객이 되는 것이 상식입니다. 나이가 들고 직장에서 물러나고 사업체를 후대에 넘기면 관객석에 앉는 것이 통례입니다. 저도 벌써 관객석에 앉아 있어야 하는데… 이 집에 정착한 뒤부터 말입니다 어찌된 일인지 저는 아직도 무대에서 서성대고 있는 느낌입니다. 이런 느낌이 들 때마다 예술가에게는 은퇴란 없다 하고 다짐합니다. 그러나 아무도 알아주지 않는 예술가란 결국 무대에서는 귀찮은 존재가 될 수밖에 없겠지요. 관객석에 앉아 새로 무대에 선 배우들을 보며 그들을 통해 내 과거를 회

상하고 조용히 최후의 날을 기다리는 게 도리인 줄은 알고 있습니다. 남의 신세를 안 지고 남을 도울 수 있으면 돕고… 이것이 노후의 마음가짐인데 나는 아직도 무대 가장자리에서 연기를 할려고 하나… 주위에서 나를 가만히 두지 않는 것도 문제지요. 이런 생각 속에서 우울한 나날을 보내고 이제는 진짜 관객석에 내려가 앉기로 작심하고 있는데 시장댁이 찾아왔습니다. 이른 봄이었습니다.

시장댁이 화사한 한복을 입고 들어온다.

시장댁 계셨군요.

서일 김밥재료는?

시장댁 오늘은 쉬세요. 시장 가게 문 닫았어요.

서일 문을 닫아?

시장댁 오늘 하루는 쉬기로 했어요.

서일 시장댁답지 않군.

시장댁이 한숨을 쉰다.

서일 무슨 일이요?

시장댁 고민 끝에 결정을 했지만 왜 그런지 마음이 잡히지 않네요.

서일 무슨 일인데요?

시장댁	선생님하고는 흠 없는 사이라 의논드리고 싶어요… 시장 입구에 정금당이라는 점포가 있죠?
서일	정금당? 아, 금은방.
시장댁	네. 그 금은방 주인이 벌써 몇 달 전부터 사람을 내세워 저한테 청혼을 해 왔어요.
서일	청혼이라면… 결혼이요?
시장댁	네. 많이 망설였죠.
서일	그 주인… 총각이요?
시장댁	아니죠. 몇 년 전에 상처했죠. 아들딸이 있는데 다 출가했고… 결국 허락했어요. 어떡하죠? 이제 방금.
서일	허락했다며?
시장댁	선생님께 미리 상의했어야 했는데….
서일	(화난 소리로) 뭣 때문에? 자기 일 자기가 알아서 할 거지.
시장댁	그럼 선생님도 축하해 주시는 거죠?
서일	축하고 뭐고 그런 걸 물을 필요도 없지.
시장댁	고마워요. 그런데요….
서일	또 뭡니까?
시장댁	처녀 총각의 결혼식도 아니고… 남의 눈도 있고 해서요. 결혼식은 간소하게 치루기로 했어요. 그게 좋겠죠?
서일	그걸 왜 나한테 물어요?
시장댁	선생님 화나신 것 같다. 사전에 의논 안 했다고.
서일	내가 왜 화를 내?
시장댁	그것 보세요. 웃으시니까 분위기가 한결 부드러워져요. 부

탁이 있어요….

서일　부탁? 김밥은 계속 말라구?

시장댁　그거야 당연하죠. 결혼한다고 장사를 그만 두는 건 아니니깐요. 양쪽 집안 식구… 한 스무 명쯤 될 거예요. 집안식구들끼리 식당에 모여 결혼식을 간소하게 치를 생각이에요. 그래도 주례님은 모셔야죠. 그래서 금은방 그분하고도 상의했는데… 선생님! 주례 서 주세요.

서일　야!! 미치겠군….

시장댁　네?

서일　아무것도 아냐.

시장댁　주례 서 주시는 거죠?

서일　나 주례 서 본 적 없는데….

시장댁　무슨 말씀이세요? 그때 의정부에도 갔다가 오셨는데….

서일　의정부… 음….

시장댁　(일어서며) 그럼 그렇게 알고 가겠어요. 영광으로 생각해요, 원로 예술가를 모신다니 기뻐요.

서일　가만… 그 생명보험 돈은 물고 있나?

시장댁　그건 걱정마세요. 제가 잘 처리하고 있으니까요… 그럼….

시장댁이 나간다.

서일　(관객에게) 나는 미친놈처럼 스스로 일거리를 찾아 뛰어 다니는 놈은 아닙니다. 이젠 무대에서 내려오려고 해도 마음대로 되지 않습니다. 아직도 그 무엇이 연기를 독촉합니다. 그 시시하고 후회하는 연기를 말입니다 시장댁 결혼식에서 주례를 섰습니다. 그날따라 시장댁이 왜 그렇게 예쁘게 보이는지 화가 나대요. 금은방 주인은 금테 안경에 금이빨, 금가락지로 무장했더군요. 싱글벙글 웃는 그놈의 쌍통을 쥐어박고 싶었지만 참았죠. 회식을 끝내고 나오는데 주인이 봉투를 내 주머니에 넣어 주어요. 밖에 나와 봉투 안을 보니 20만 원이 들어있어요. 야! 주례란 할 만하다 하는 생각과 동시에 애인을 20만 원에 팔아먹은 것 같은 생각이 들었습니다. 그러니 갑자기 내 신세가 서러워졌습니다. 다음날 나는 여주에 갔습니다. 아내 무덤에서 벌초도 했죠. 무덤과 마주 앉았으나 아내에겐 할 말이 없었어요. 본래 우리 사이엔 대화라는 게 없었으니까요. 미안해… 미안해… 하고 속알 소리만 하다 내려왔습니다. 이런 혼잣말을 하는 내 눈앞에 시장댁 모습이 나타났습니다. 나라는 인간 참 한심하다는 생각이 들었습니다. 이 집이 텅 비었습니다. 시장댁은 40평짜리 아파트로 옮겨갔고 한 달 후에는 역시 시장에서 붕어빵 찍어 파는 가족 6명이 시장댁 빈방으로 들어온답니다. 내 주위엔 어찌 먹자판 장사만 모이는지… 김밥 마는 일이 싫어졌습니다. 김밥 재료는 시장댁이 아니라 거기서 일하는 계집애가 날라옵니다. 하루하루 살아나가는 것이 지겹습니다. 며칠 전에는 동장이 찾아와 날더러 노인정 관리를 맡아 달라고 청했습니다. 맡아주면 영광으로 생각하겠다나요. 나는 노인이 싫다고 했습니다. 동장이 어안이 벙벙해서 돌아갔습니다. 노인이 싫습니다. 하나님은 모든 사람을 쉰 살까지만 살게 했어야 했습니다. 노인은 짐입니다. 노인은 꼭두각시입니다. 노인은 장난감입니다. 노인은 주책입니다. 최소한 내가 처한 입장에서 보면 말입니다. 노년에 들어와 깨끗하게 살다 갔다는 사람도 있는데 나하고는 거리가 먼 사람들입니다. 시장댁이 시집간 지 두 달 뒤 어떤 방송국에서 전화가 왔습니다. 뜻밖에 대담을 한다고 나오라는 겁니다. 내가 옛날부터 존경했던 고 탁봉균 선생님의 20주기를 맞아 대담 프로를 갖는다는 겁니다. 탁봉균 선생은 무엇에 실망하셨는지 건강이 좋지 않아서… 라는 말도 들렸지만 아들이 사는 미국으로 이민 가셨습니다. 돌아가신 지 20년. 옛날 우리들 힘없고 이름 없는 사람들에게 가끔 술을 사주었고 용기도 주신 분입니다. 희곡을 쓰는 김용돈 씨, 연출을 하는 신하균 씨하고 저하고 셋이서 탁봉균 선생을 회고하는 프로인데 나한테는 옛날 술집 밥집서 뵌 탁 선생님에 대해 얘기하라는 겁니다.

내가 TV에 나간 적이 있습니까? 기가 질렸지만 옛날 신세 진 분이라 머뭇거리다 나가겠다고 했습니다. 양복 다려입고 이발하고 약속 시간보다 한 시간 전에 방송국에 가 다방 휴게소에서 기다렸습니다. 나이 40줄의 연출가와 극작가도 나왔습니다. 그 친구들 참, 빵떡 모자를 쓰고 잠바만

걸친 연출가, 노란 머플러를 두른 극작가… 옷이 제멋대로였죠. 아래 위 까만옷에 흰 와이셔츠에 넥타이를 맨 내 복장하고는 너무나 차이가 있었습니다. PD라는 젊은애가 "선생님들 자유롭게 말씀하시죠" 하며 우릴 6층 녹화실에 안내했습니다. 왜 그렇게 몸이 굳어 있는지 입은 바짝 타고… 무대하고는 또 달랐습니다. 그 두 친구 말 참 잘합디다. 탁 선생의 연극론이 어떻고 일본 유학시절이 어떻고, 그분의 연극시장의 위치가 어떻고… 나는 구경꾼 신세였습니다. 시간이 다 돼서야 연출한다는 친구가 나에게 묻더군요. "탁선생이 술을 참 좋아했다면서요?"라고… "네"라고 대답하자. "주로 어떤 술을 좋아하셨습니까?" 하기에 "주로 막걸리였죠"라고 대답했죠. 저쪽 창 뒤에서 PD라는 친구가 손가락으로 목 자르는 시늉을 하니까 연출가 친구가 "수고 많으셨습니다" 하고 인사했습니다. 대담이 끝난 거죠.

결국 "막걸리죠" 한마디 하기 위해 나는 30분 동안 앉아 있었습니다. 출연료 받고 방송국 밖에 나가니 갑자기 눈물이 났습니다. 이럴 것이라 짐작이 갔는데 왜 나왔는가… 후회가 막심했고, 내 자신이 한없이 미워졌습니다. 이 대담 프로를 본 사람들은 나를 어떻게 생각했을까… 혹시 시장댁 또는 내 아들이 보지 않았을까… 하는 생각에 죽고 싶은 심정이었습니다. '나쁜 놈들!' 자기네끼리 지껄이다 나에겐 고작 질문 하나만 던져? 늙은이를 그렇게 무시해도 되는 거야? 왜 그런 데 나가서 망신을 자처했나, 이젠 정말 살기도 싫습니다. 이 높은 지대에 몇 그루 남아 있는 아카시아가지에 흰 꽃이 주렁주렁 매달릴 때 아들로부터 전화가 왔습니다. 보름 뒤에 초등학교 교사와 결혼을 한다는 겁니다. 기쁨보다는 가슴이 철렁 내려앉았습니다. 아들에게 줄 것이 아무것도 없는데라는 생각 때문입니다. 내 마음을 미리 알았는지 아들은 비행기표를 보낼 테니 몸만 내려와 달라는 투의 말을 했습니다. 불쌍한 이들. 그리고 불쌍한 애비….

이렇게 살다 심신이 말을 안 들면 아들과 며느리의 귀찮은 짐이 될 것은 뻔합니다. 그날 저녁은 왠지 술 생각이 났습니다. 여기서 혼자 먹기도 싫었고 니는 평창동 쌀쌀이 집에 갔습니다. 손님이 꽉 차있더군요. 주인이 나를 힐끗 보더니 빈 구석진 자리를 가리키더군요. 거기 혼자 앉아 안방을 들여다보니 그때 나를 환영해 주었고 술값까지 내준 일행이 또 와있더군요. 내가 반갑게 손을 흔들자 그 사람들은 머리를 끄덕이고 자기네끼리 이야기하기 바빴습니다. 나를 본 척도 않는 겁니다. 늙은 것이 구석자리에 앉아 소주 한 병하고 빈대떡 두 조각을 먹고, 그 집을 나왔습니다. 그때는 영웅이 되어서 나왔는데 이제는 패잔병의 신세가 되어 나옵니다. 이런데 또 무엇을 바라고 하찮은 심신을 끌고 굴욕을 참아가며 살아간단 말인가… 하는 생각에 눈물이 났습니다. 버스를 두 번 갈아타고 시장 입구… 그 혼잡한 네거리에서 내렸습니다. 미친 듯이 폭주하는 차량들….

횡단보도를 건너려고 초조하게 기다리는 사람들. 네거리는 여전히 혼돈 그 자체였습니다. 나는 그 초조하게 기다리는 군중을 비웃듯 좌우 앞에는 신경도 쓰지 않고 머리를 숙인 채 찻길을 횡단하기 시작했습니다.

몇 대의 차가 부딪치며 급정거하는 소리가 터져 나온다.

암전.

장송의 가락이 들린다. 다시 불이 밝아진다.

무대 여기저기에 사람들이 상복을 걸치고 서 있거나 앉아있는 모습이 희미하게 보인다.

서일　　나의 시체는 인근 병원으로 옮겨지고, 다음날 아침 신문 귀퉁이에 조그마하게 사망부음이 실렸습니다. 아들이 신문을 보고 올라와 이리 뛰고 저리 뛰며 장례식을 마련했습니다. 10여 명의 조객이 모였습니다. 판실이 죽었을 때 조사를 읽은 그 이동선이 또 나타나 내 앞에서 서일 선생, 서형, 하며 슬프게 조사를 읽었습니다. 이동선은 근 20년 동안 예술하고는 관계가 없는 사람인데 여전히 사회 명사요 예술계의 원로로 떠받쳐지고 있습니다. 세상엔 그런 사람도 있어야 하는 모양입니다. 장례식에서 놀랄 일을 봤습니다. 시장댁이 소복을 입고 나와 눈물을 흘렸습니다.

그 눈물이 김밥말이 하던 늙은 종업원이 죽어 장사에 지장이 있어 억울해 흘리는 눈물은 아닐 겁니다. 음지서 살아온 대광이는 장례식장 밖 계단에 앉아 담배만 피워대고 있었습니다. 아들은 시장댁으로부터 5천만 원짜리 보험료 지불증을 받고 한없이 울었습니다. 아버지가 이처럼 자기를 잊지 않고 생각해 주었다는 걸 몰랐다는 겁니다. 옆에 있던 초등학교 여선생도 울었습니다. 내 가슴이 찡해졌습니다. 이 세상에 나를 위해 눈물을 흘릴 사람이 있었다는 걸 꿈에도 생각지 못했습니다. 이것이 내가 평생 갈망하던 사랑이 아니고 무엇이겠습니까… 시장댁이 거짓말을 했습니다. 어느 날 내가 자기에게 사람의 앞날을 모르니 생명보험에 들겠다고 부탁했으며, 아들의 이름을 꼭 명기하라고 했다는 겁니다. 귀여운 거짓말입니다. 내 묘지까지 따라온 친구들이 소주잔을 들며 말했습니다. 고통없이 아차하는 순간에 죽었으니 서일이는 행복하게 죽었다는 겁니다. 대광이가 말했습니다. 서일의 연기는 누구에게 인정을 못 받아 울분과 좌절 속에서 살아왔는데 막판에 멋진 연기를 했다구요. 나의 죽음은 그야말로 수상감 연기요, 잊지 못할 명연기라고 했습니다.

자, 나는 이제 정말 쉬렵니다. 나의 지금 기분은 마치 공연이 끝나면 늘 느끼는 그런 기분입니다. 막이 내리고 관객이 나가고 우리는 분장실에서 분장을 지우고 옷 갈아입고 밖에 나가면 마음이 썰렁했습니다. 누구도 기다려 주지 않는 잠자리를 향해 어두운 밤거리를 걸어갈 때의 그 썰렁한 마음 바로 그런 마음입니다. 어찌 보면 인간이란 태어나서 죽을 때까지 늘 이런 썰렁한 느낌 속에서 이를 달래며 걸어가는 긴 여정인지도 모릅니다. 자! 나는 모든 걸 잊고 영원히 망각의 공간을 향해 발을 옮기겠습니다. 나를 사랑한 사람들. 나를 외면한 사람들 그리고 관객 여러분 모두 안녕히 계십시오.

막. (1998)

한국 희곡 명작선 158
어떤 노배우의 마지막 연기

초판 1쇄 인쇄일   2023년 11월 20일
초판 1쇄 발행일   2023년 11월 29일

지 은 이   이근삼
만 든 이   이정옥
만 든 곳   평민사
           서울시 은평구 수색로 340 〈202호〉
           전화 : 02) 375-8571 / 팩스 : 02) 375-8573
           http://blog.naver.com/pyung1976
           이메일 pyung1976@naver.com
등록번호   25100-2015-000102호
ISBN   978-89-7115-128-0 04800
           978-89-7115-663-6 (set)
정   가   8,000원

이 책은 사단법인 한국극작가협회가 한국문화예술위원회의 2023년 제6회 극작엑스포
지원금을 받아 출간하였습니다.

한국 희곡 명작선

01 윤대성 | 나의 아버지의 죽음
02 홍창수 | 오늘 나는 개를 낳았다
03 김수미 | 인생 오후 그리고 꿈
04 홍원기 | 전설의 달밤
05 김민정 | 하나코
06 이미정 | 여행자들의 문학수업
07 최세아 | 어른아이
08 최송림 | 에케호모
09 진 주 | 무지개섬 이야기
10 배봉기 | 사랑이 온다
11 최준호 | 기록의 흔적
12 박정기 | 뮤지컬 황금잎사귀
13 선욱현 | 허난설헌
14 안희철 | 아비, 규환
15 김정숙 | 심청전을 짓다
16 김나영 | 밥
17 설유진 | 9월
18 김성진 | 가족사(死)진
19 유진월 | 파리의 그 여자, 나혜석
20 박장렬 | 집을 떠나며 "나는 아직 사
   랑을 모른다"
21 이우천 | 결혼기념일
22 최원종 | 마냥 씩씩한 로맨스
23 정범철 | 궁전의 여인들
24 국민성 | 조르바 빠들의 불편한 동거
25 이시원 | 녹차정원
26 백하룡 | 적산가옥
27 이해성 | 빨간시
28 양수근 | 오월의 석류

29 차근호 | 루시드 드림
30 노경식 | 두 영웅
31 노경식 | 세 친구
32 위기훈 | 밀실수업
33 윤대성 | 상처입은 청룡 백호 날다
34 김수미 | 애국자들의 수요모임
35 강제권 | 까페07
36 정상미 | 낙원상가
37 김정숙 | '숙영낭자전'을 읽다
38 김민정 | 아인슈타인의 별
39 정범철 | 불편한 너와의 사정거리
40 홍창수 | 메데아 네이처
41 최원종 | 청춘, 간다
42 박정기 | 완전한 사랑
43 국민성 | 롤로코스터
44 강 준 | 내 인생에 백태클
45 김성진 | 소년공작원
46 배진아 | 서울은 지금 맑음
47 이우천 | 청산리에서 광화문까지
48 차근호 | 조선제왕신위
49 임은정 | 김선생의 특약
50 오태영 | 그림자 재판
51 안희철 | 봉보부인
52 이대영 | 만만한 인생
53 박경희 | 트라이앵글
54 김영무 | 삼강주막에서
55 최기우 | 조선의 여자
56 윤한수 | 색소폰과 아코디언
57 이정운 | 덕만씨를 찾습니다

58 임창빈 | 왜 그래
59 최은옥 | 진통제와 저울
60 이강백 | 어둠상자
61 주수철 | 바람을 이기는 단 하나의 방법
62 김명주 | 달빛에 달은 없고
63 도완석 | 봄 여름 가을 그리고 겨울
64 유현규 | 칼치
65 최송림 | 도라산 아리랑
66 황은화 | 피아노
67 변영진 | 펜스 너머로 가을바람이 불기 시작해
68 양수근 | 표(表)
69 이지훈 | 나의 강변북로
70 장일홍 | 오케스트라의 꼬마 천사들
71 김수미 | 김유신(죽어서 왕이 된 이름)
72 김정숙 | 꽃가마
73 차근호 | 사랑의 기원
74 이미경 | 그게 아닌데
75 강제권 | 땀비엣, 보
75 정범철 | 시체들의 호흡법
77 김민정 | 짐승의 時間
78 윤정환 | 선물
79 강재림 | 마지막 디너쇼
80 김나영 | 소풍血전
81 최준호 | 핏빛, 그 찰나의 순간
82 신영선 | 욕망의 불가능한 대상
83 박주리 | 먼지 아기/꽃신, 그 길을 따라
84 강수성 | 동피랑
85 김도경 | 유튜버(U-Tuber)
86 한민규 | 무희, 무명이 되고자 했던 그녀
87 이희규 | 안개꽃/화(火), 화(花), 화(華)

88 안희철 | 데자뷰
89 김성진 | 이를 탐한 대가
90 홍창수 | 신라의 달밤
91 이정운 | 봄, 소풍
92 이지훈 | 머나 먼 벨몬트
93 황은화 | 내가 본 것
94 최송림 | 간사지
95 이대영 | 우리 집 식구들 나만 빼고 다 이상해
96 이우천 | 중첩
97 도완석 | 하늘 바람이어라
98 양수근 | 옆집여자
99 최기우 | 들꽃상여
100 위기훈 | 마음의 준비
101 노경식 | 봄꿈(春夢)
102 강추자 | 공녀 아실
103 김수미 | 타클라마칸
104 김태현 | 연선
105 김민정 | 목마, 숙녀 그리고 아포롱
106 이미경 | 맘모스 해동
107 강수성 | 짝
108 최송림 | 늦둥이
109 도완석 | 금계필담
110 김낙형 | 지상의 모든 밤들
111 최준호 | 인구론
112 정영욱 | 농담
113 이지훈 | 조카스타2016
114 안희철 | 만나지 못한 친구
115 김정숙 | 소녀
116 이상용 | 현해탄에 스러진 별
117 유현규 | 임신한 남자들
118 김성희 | 동행
119 강제권 | 없시요
120 최기우 | 정으래비
121 강재림 | 살암시난

122 장창호 | 보라색 소
123 정범철 | 밀정리스트
124 정재춘 | 미스 대디
125 윤정환 | 소
126 한민규 | 최후의 전사
127 김인경 | 염쟁이 유씨
128 양수근 | 나도 전설이다
129 차근호 | 암흑전설영웅전
130 정민찬 | 벚꽃피는 집
131 노경식 | 반민특위
132 박장렬 | 72시간
133 김태현 | 손은 행동한다
134 박정기 | 승평만세지곡
135 신영선 | 망각의 나라
136 이미경 | 마트료시카
137 윤한수 | 천년새
138 이정수 | 파운데이션
139 김영무 | 지하전철 안에서
140 이종락 | 시그널 블루
141 이상용 | 고모령에 벚꽃은 흩날리고
142 장일홍 | 이어도로 간 비바리
143 김병재 | 부장들
144 김나정 | 저마다의 천사
145 도완석 | 누파구려 갱위강국
146 박지선 | 달과 골짜기
147 최원석 | 빌미
148 박아롱 | 괴짜노인 하삼선
149 조원석 | 아버지가 사라졌다
150 최원종 | 두더지의 태양
151 마미성 | 벼랑 위의 가족
152 국민성 | 아지매 로맨스
153 송천영 | 산난기
154 김미정 | 시간을 묻다
155 한민규 | 사라져가는 잔상들
156 차범석 | 장미의 성
157 윤조병 | 모닥불 아침이슬
158 이근삼 | 어떤 노배우의 마지막 연기
159 박조열 | 오장군의 발톱
160 엄인희 | 생과부위자료청구소송